ひかりの花束

三木裕子歌集

Yuko Miki

青磁社

ひかりの花束＊目次

I

Ⅲ

装画　内田新哉
装幀　上野かおる

ひかりの花束

I

桐の花

高原のつりふね草を鳴らしゆく風は我にもやさしかりけり

巫女の持つ鈴の形の桐の花触れ合ひ咲けりこの無音界

遠花火夫と眺むるベランダに青蛙ゐて雨の近きか

背くらべせむと我が肩引き寄せて包みてくるる背高き夫は

陽の色となりて熟れたる柿の実を夫の帰宅に合はせて剝きぬ

落葉よりどんぐり拾ひまた拾ひ子リスのごとく子は前を行く

みづひきの花ほどの嘘つきし子は嘘つく事の苦さ知りそむ

夫の背に止まりてゐたる赤とんぼ合掌村の夕空へ舞ふ

白きエプロン

ひさかたの光集めて山茶花の花芯の黄いろ寒のかがやき

つくばひの中の小さき青空にしづくが落ちて空を壊せり

柔らかき手で両耳をふさがれたやうな静けさ雪の降る夜は

残雪の脇に出でたるふきのたう蕾をしつかり抱きてゐたり

「娶る」といふ語感が嫌ひ　思ほえば「女」の付く文字つくづく多し

エプロンに洗濯ばさみを忍ばせて今日は一日主婦になりきる

スイトピー卓に飾りて夫を待つ白きエプロンたまには着けて

新鮮度百パーセントのいちごあり今日こそ作らうピンクのムース

天空は月のほほゑみ地上にはだいこんの花　いいぢやん日本

だし取らず秘密兵器の調味料さらさら加へたけのこを煮る

柔かきペパーミントの葉を摘めば素足に風の吹く心地する

「愛してる」を言はない夫の実態は私がゐないとよく眠れない

依佐美送信所

一足す一が二でない人生まだ知らぬ子は足し算を好きと微笑む

子は言へり丸き石鹸目に充てて「これは恐竜のコンタクトレンズです」

砂浜を駆けゐし犬の立ち止まり波の彼方にしばし目を遣る

解体の間近き鉄塔たそがれに夕星ほどの灯を点したり

真珠湾攻撃を送信せし塔は半世紀経てただの鉄屑

無線塔八基は街のシンボルで遠くからでも刈谷がわかる

マニキュアの乾くあひだを囚はれの身となり明日の天気予報見る

万燈祭り

藍染めの浴衣のあさがほ揺らしつつ子は縁日の人込みを行く

色褪せし紺地の法被に汗にじみ万燈祭りは男の祭り

万燈の那須与一や義経が夏の夜空を睨みてをりぬ

ひぐらしが木霊するかに鳴く山の夕風は杉の香を含みをり

夏空に真綿色した風船を揺らして歩む少女と仔犬

うす桃の花揺らしつつ広がれる合歓の木陰は日傘のやさしさ

カナカナを聞きつつ眠りゆくやうに合歓は静かに葉を閉ざしたり

秋の微粒子

つゆくさの映りしシャボン玉はじけ微粒子秋の空に散りたり

未来など意識に持たぬ明るさに方程式を解きゆけり子は

紅葉せるコナラの木立見上げれば空は哀しきまでの空いろ

落葉踏む音より他は何もなしコナラ林の朝靄の中

虻、蜂を集めて淡き紫の野菊は枯野の小さきオアシス寛大な夫の心に甘えをり何かしなくては、何をすればいい？

霜月の朴葉がスローモーションで地に降りて来る日曜の午後

ゆっくりと文語文法唱へつつ髪梳く吾子は数学が好き

子と語る恋愛観の相違点コンディショナーとリンスの違ひ

雪よりも白き牛乳温めて帰り来る子の靴音を待つ

ナフタリン

摘みきたる赤のまんまの花穂の中迷子《まひご》のやうな蟻が一ぴき

風に身をまかせて生きるそのことを教へてくれたなでしこの花

三日月のその身の反りを鳴らすがに流星ひとつ静かによぎる

からすうりの花を知らない人のため白きレースのコースター作る

コスモスの花と花とが触るるたび秋がかすかに冽《さむ》くなりゆく

恋ごころ期末テストによく効いて自己最高の成績とりし子

北校舎三階西の教室はわたしが学びいま子が学ぶ

かぜひきさん多くなりつつ病院のポインセチアはいよいよ赤し

ナフタリンこよなく愛する人のゐて待合室は冬の匂ひす

水仙を脇に抱へて来院する老人の目は日だまりのやう

受験日の近づきし子の夜々ともす灯火青し声かけず見る

雨のひかり

手をつなぐことなくなりし子と並びたんぽぽの綿毛ふうつと吹けり

家よりもかあさんを大きく描きし頃れんげ畑が好きだつた子よ

なづななづななづなの白く咲く道をなづなの小花摘みつつ歩く

いぬふぐり雨のひかりをまとひたりその静かなる青の七曜

チューリップフェア訪ひたる人たちの花より明るきパラソルの群

逢魔が時みかんの花のほの白く香る小径は振り向かず行く

十薬の花あまた咲く雨の朝子の教科書のインクが匂ふ

鳳仙花ぱちんと爆ぜて種たちは思はぬところにころがつてゐる

ゑのころの露のひかりて「早起きは三文の徳」と言ひしよ昔

コーヒーをひとくち含み空を見る忘れかけてた真青の浄土

太陽にやや近ければバスタオルを空に広げて深呼吸する

くすり

毎食後に一錠飲んで、と告げたれば朝は食べぬと若者は言ふ

漢方のくすりは害がないゆゑに効かぬと譲らずこの老人は

生薬の甘さこのみし老人は自然食品をひたすら愛す

成績がトップクラスの高校生錠剤《たま》は飲めぬと母に訴ふ

睡眠導入剤《ハルシオン》十個の安堵貰ひゆく二十歳《はたち》の青年その白き指

聴診器くびにかけたるまま歩くドクター少し太りて四月

医者らしき顔にもどりてカルテ見るついさつきまで笑つてゐた人

外来は森のしづかささやさやと雑誌をめくる音のみ聞こゆ

一グラムの違ひを感じる指先に分包されゆく粉剤、顆粒

一日の調剤終へて分包器の掃除をすれば甘き香のする

柳川

柳川は水豊かにて堀ばたの芽吹きやなぎのやはらかな揺れ
川土手の菜の花、れんげ、そらまめの花々咲ける柳川の町

坂のなき町と思へり柳川は川面のひかり間近に感ず

風吹きて干せる雨傘寄り添ひぬ夫婦げんくわはもうやめようか

子の語る恋のはなしは明るくてテレビをつけない夜もまたよし

ゆつくりとりんごむきつつ思ひをり子との時間の限りあること

犬の死を悲しむことをためらはぬ少年とゐて少年を知る

いつの間に降り出したのか土の香が九階のこの窓に入りくる

リセットボタン

子の撒ける如雨露の水の落ちる先あさがほの青きはだちてをり

刈り取れば新芽吹き来るハーブたち人にはリセットボタンが無くて

足元の水たまりひとつ飛び越えて空をまたぎし気分に歩く

また物を買ひては夫に叱られぬマンションぐらしの鉄則破りと

からまはりしてゐる思考　クレゾール匂ふ体で家路を急ぐ

ただいまとドアを開ければ匂ひくる夫の作りし辛口カレー

立秋の夜空ふたりで眺めつつベランダで飲む発泡酒うまし

京水菜あらふ手元の冷たくて屋上タンクの水に秋来ぬ

将来の夢定まらず空ばかり眺めゐる子よあせらずともよし

父と母と

薔薇のやうに生きる人あり道端のすみれのやうに生きる良き人

たけのこが採れたと家まで持ち来たり寂しからむか父母ふたり

掘りたてのたけのこ白き肌みせてやや生臭き匂ひを持てり

おだやかな父がときをり怒るとふ母の言葉が信じられない

春の花終はりし庭にかがまりて草引く父母の帽子揺れをり

小綬鶏や雉が庭まで来てをりぬすひかづら咲くわたしの実家

中指に薬指ひたと寄り添ひぬ寄り添ふやうに生きるは難し

三食を毎日毎日ともにして祝五十年迎へたる父母

ゆふぐれ

揺れやまぬ木々の動きに風の腕見る思ひせり台風近し

しろがねの雨とほり過ぎなにごともなかつたやうに蟬の鳴き出す

ゆふぐれは青をしづかに押し出してゆふづつ空にかがやきを増す

カナカナの声こだましてうしろから闇がゆつくり広がつて来る

スージー・クーパー

時を経てわれの手にあるスージーのカップ　野の花あつめしカップ
スージーのカップにて飲むコーヒーのほの甘きかな小花やさしも

金細工なければ洗ふをためらはず毎日使ふスージーの食器

手の中にぬくめられたるどんぐりを「はい」とくれたり山里の子が

紺色のセーラー服に身をつつみセンター入試に子は立ち向かふ

山茶花の香りただよふ夜の道に靴音がして夫帰り来る

ひと皿のいちごを家族三人でつまむひとときささやかにあり

日をあつめ風をあつめて色づける三宝柑の実祈りのかたち

京都駅

はなやかな昼間と無音の夜の顔を持ちたる京都駅のコンコース

真夜中の駅に集まる行き場なき人々同じまなざしを持つ

整然と並びて眠るホームレスの順位うちうちのルールあるらし

顔かくし横向きに寝る一枚の毛布をからだに巻いたその人

夜明けには誰もゐなくてありふれた駅のにぎはひ徐々に始まる

鉢植ゑのあぢさゐ路地に咲きさかる祇園歩けばほんのりと初夏

軒先にすだれ連ねて夏近き祇園の空をつばめがよぎる

石畳の坂道ありぬ道しるべ左にまがれば高台寺前

仕草やさしも

フォーオクロック英名どほりに開く花おしろい花はアメリカ原産

うつむきし人がゆつくり顔あげるやうに咲きたりオオボウシバナは

木もれ陽に目を細めゐるビーグルの仕草やさしも飼主に似る

無縁坂登りて安田講堂へ子と歩みゆく真夏日の午後

冷酷と思へる人のまなざしにぶつきらぼうなやさしさを知る

マンションの大規模修理はじまりて秋風閉ざし繭ごもりせり

二十歳前

水薬のいちごの香り薬局に満ちて今年も冬近づけり

パラオ生まれ刈谷育ちのハイビスカス冬の窓辺に花咲かせをり

ポニーテールに結つてもすぐにくづれくる子の髪われの髪質に似て

子に着せる振り袖作つてもらふため有松に住む友を訪ねる

江戸の世の風情残せる大き屋根、格子の窓に絞りののれん

手際よく採寸をする友の目のやさしさの中に真剣さあり

子のからだ少し撫でつつうなづきて振り袖あはせ友はほほゑむ

手に重き清き真紅の総絞り紺屋の女房の確かな見立て

絞り子のおばちゃんひとり亡くなれば絞りの技法のひとつが消ゆると

振り袖に袖通す子のあどけなさ残るその顔もうすぐ二十歳

ジーパンで塾通ひするわが娘紅き振り袖羽織りはにかむ

東京の大学は高層ビル多く子の遊学をややに畏れる

振り袖の仕上がる頃に大学の行き先決まつてゐるだらう子よ

時雨殿

「時雨殿」百人一首のミュージアム定家ゆかりの山麓にあり

任天堂ＤＳ型のナビを持ち王朝歌人の足跡たどる

バーチャルの定家とかるたの勝負せりゲームと言へど負けたくはなし

「時雨殿」出でて二月の小雪降る嵯峨野歩めば人影まばら

青のまばたき

電気ストーブ三〇〇ワットのぬくとさに守られ眠る風邪病みて夜を

ゑんどうの花にとまれるみつばちの翅をかすめて雨風の吹く

スイートピーの花にはあらずゑんどうの花は香らぬ楚々とした白

雲間より透過光ありれんげ田にスポットライトをあてたるごとく

春風に花揺られつつあぜに咲くオオイヌノフグリの青のまばたき

砂糖漬けすみれを一輪湯に浮かべゲーテの詩集読みし遠き日

カップルとアベック、スリップとシュミーズ昭和の日本はフランス贔屓

二段式弁当箱は役目終へ子と学校に行く事もなし

スギ花粉吹き飛ばすがによく笑ふ子は四月から大学一年生

お菓子の箱

十八度三日続きて目覚めしかキャベツ畑に紋白蝶飛ぶ

やはらかきキャベツの上で羽すこし広げて蝶は産卵準備す

春の蝶夏の蝶より小振りにてだいこんの白き花に紛れる

菓子箱に青虫入れて持ち帰る少年と今日友だちになる

キャベツ敷き青虫入れて持ち運ぶお菓子の箱は少年の宝

美しくさなぎに蝶の柄透ける五月下旬は野の花ざかり

山中のドコモの鉄塔清流の中に立ちをり脇にニリンソウ

振り向けばまばたきするがにつゆくさが咲きをり古き電話ボックス

月曜の朝

起きがけの一杯の水に細胞がふつふつ目覚む月曜の朝

ＮＨＫ朝のニュースをちら見して夏大根の味噌汁を煮る

六時半名古屋コーチンの黄身の濃き卵を焼きて娘を起こす

起き来たる夫に今日の天気予報告げて車の鍵を渡せり

夕飯のメニューと残業ある旨をメモにしておく帰宅の夫に

八時五分髪型最後にチェックして鏡に笑みて玄関を出る

赤色のフィアット・プント　エンジンの調子良ければ月曜楽し

外来の椅子を拭きつつ常連のばあちゃんの愚痴笑顔にて聞く

しがみつく子を抱きしめて風疹の接種終はればじつとりと汗

「風邪ひいた」「今日は元気だ」宗作さんの歯抜けの笑顔見るたび嬉し

この医院はさみしすぎると二鉢の紫陽花飾りてくれるおばあちゃん

命のかがやき

ひとつ呼吸して診察を始めたる医師と目が合ふ検査の合図

傾けるコップの尿はあたたかし排泄するとは命のかがやき

病院の調剤手伝ふ子に声をかけくれる医師いつもよりやさし

薬局に子が入る日はなんとなく陽気なドクター「若い子はいい！」

正当論のみで押し行く医師の声患者の怒り診察室に満つ

怒りゐる医師にドンマイ　ひと呼吸おきて次なる患者さんを呼ぶ

ストレスがたまり来たるらし「三木さあん……」ああドクターの気分転換

診察を終へたる医師は聴診器置きて小さく伸びをしてをり

十六年　もう十六年勤めしか白衣をしまひて外の梅見つ

少しづつ薬の効能覚えたる子と笑ひつつ家路を急ぐ

母のゐる職場でバイトする気持ち複雑ならむ　珍しく雪

終戦の日

夾竹桃咲くのを嫌ふわが母は終戦の日を思ひ出すゆゑ

被爆手帳長年持ちし八十の人は戦争の善悪を言はず

戦後といふ時代遠のく二〇〇五年原爆ドームに落書きする馬鹿

防衛の意味広がりし平成の日本に在りて子を育てゐる

持ち時間奪はれし多くの青年の命もらひて今の日本あり

戦争の無きまま六十年を過ぐ平和の谷間に戦争がある

きつね火まつり

旅行者もきつねメイクをほどこして飛騨古川のきつね火まつり

出演者すべて素人　奥飛騨のきつねの嫁入行列たのし

火と太鼓人のかけ声時代を越え原初のこころ揺さぶりやまず

くつきりと茶きんしぼりのあと残る栗きんとんは山里の味

飛火野

あたたかき日に背を押され奈良町の三条通りゆつくり歩む

美しき阿修羅の眉間険しくて叱られてゐるごとく寂しゐ

わが影を追ひつつ歩む昼下がり銀杏色づき初めし飛火野

天平のひかりただよふ神苑に角切られたる鹿おとなしき

ベランダに星のひかりが凍りゐてたぶん明日は晴天でせう

II

姫ねずみ

ログウォールの上を走れるうす茶色体長五センチ、あつ姫ねずみ
人間の怖さを知らぬ姫ねずみわたしの前で胡瓜をかじる

姫ねずみかはいいけれど野生種は病原菌を持つゆゑ怖い

自然派の姫ねずみらは塩味のポテトチップス荒らすことなし

さみどりのこごみ、ぜんまい芽の先をゆるく丸めて春の日を浴ぶ

ふきのたうの綿毛飛びゐる山道にわらび、たらの芽のんびりと摘む

「ねずみ捕り」仕掛けて二時間たわいなく囚はれの身になりし姫ねずみ

殺せずにくぬぎ林に逃がしたる姫ねずみ一度ふりむき去りぬ

どんぐりの不作の年は山里に下りて来るらし姫ねずみらは

大塚薬報

創刊より六四六号連ねたる「大塚薬報」の文芸欄終はる

月刊誌「大塚薬報」の短歌欄最後の選者は高野公彦氏

まづひらく文芸欄の二色刷高野公彦氏の作品三首

仕事中堂々と読める短歌あり薬学雑誌に文芸欄ありて

木の間より零れるひかり　さまざまな読者が描く医療への思ひ

薬報のたつた四ページ　安らぎの文芸欄を削るは何ゆゑ

今はＪＡ

農協は農業協同組合にて今ハイカラにＪＡと言ふ

集落の火の見櫓のある場所に農協の支店たいていありき

長靴のぢいちやん躊躇してをりぬ銀行みたいな農協に来て

軽トラが次々に来て米降ろす食糧事務所の検査延々

麻袋に品名、等級の判《はん》捺され政府買上米《かひあげまい》出来上がり

一袋三十キログラム玄米の重さ日本の主食の重さ

農協は自動車で行くさういへばリヤカーの姿この頃見ない

シーツをひらく

薦められし歌集求めて帰る道ただそれだけで心満ちたり

失敗も後悔もあり青空に糊付けをしたシーツをひらく

家ごとにカレーの味のあることを思ひて帰る秋立つ夕べ

鈴の音が聞こえくるがに降りしきるからまつ林の金いろの雨

雪雲のすき間に青き空のありあと一日で土曜日がくる

凍てついたフロントガラスに朝の陽がひかりの屈折楽しんでゐる

寒い夜、加藤順二氏を偲んで二首

お湯割りのさつま白波おいしげに飲む順二氏のなつかしき冬

芋くさきさつま白波買ひ求めお湯割りにして亡き人しのぶ

待合室

長寿医療、特定健診四月より始まり説明説明ばかり

お役所の仕事と思ふ保険証の変更の訳までも聞かれて

プロ野球開幕すれば挨拶のやうに勝敗確かめあひぬ

口角に力を込めてピッチャーを見つめる森野打つ気みなぎる

ポジションはサード、セカンド、レフトなど器用貧乏になるなよ森野

スリーランの森野のヒーローインタビュー口数少なき生真面目さが良き

ドラゴンズ勝ちし翌日のスポーツ紙待合室で人気者なり

ナス、トマト、キュウリも貰ひ朝市のやうな待合室のカウンター

しろつめ草の記憶

雨降りは雨傘、晴れは日傘さし浮草のやうに街を歩めり

スーパーの鮮魚コーナーに袋入りデメキン売られをりゆらゆらと

実験が深夜に及ぶ研究室選びし子のため羽根布団買ふ

触媒の中にて作る化合物あつく語れる子は学者の目

家ごとに家族のにほひある事を家を離れて子は知りしとふ

生きることの不思議さ愚かさ温かさ暮れる間際の空のくれなゐ

白き花こまかな花が好みなる私の生き方たとへばなづな

わくわくと土曜日待ちしことありきしろつめ草を編みたる記憶

スナップ写真

インド綿素肌に涼し笹百合の香り纏ひて山道をゆく

三日ほど香りてめしべ乾きたり笹百合受粉の完了のしるし

アライグマいえいえたぬきの親子なり屋敷畑のキュウリを盗む

「大丈夫。たぬきは人を騙さない」父は笑ひぬナス盗られても

きじ、野うさぎ、たぬきも家の裏に住む父母の暮らしはまことに呑気

完熟の金柑などと父は言ふ七月にまだ実が残りゐる

くるくるとパラソル揺らす母のあとゆつくり歩む父の背を見つ

五箇山の冷えたるキュウリ二十円一本買ひて犬と分けあふ

庭先のトウモロコシの出来具合ひ確かめ土を確かめる父

夏草と合掌造りを背景に円柱の郵便ポストを写す

ふたりしてスナップ写真に納まりぬ父母の笑顔は夏のかがやき

祖父を知らず

菊の香のほのかに残るエレベーター七・八・九階とびらが開く

天空に住みゐるやうなり子の部屋の窓いつぱいに照る空の青

両祖父の死にたる後にわれ生まれ戦争なるもの知らず五十歳

真珠湾攻撃送信せし施設刈谷にありて祖父の仕事場

南方に技術指導に行きしまま爪、髪残して祖父は帰らず

明治生まれ英語堪能なぢいちゃんの遺伝子持たぬ我の現実

八王子の墓所に遺骨のなき祖父の終焉の場所東シナ海

義父の死

窓辺にて日毎伸びゆくヒヤシンス生きる証のやうに水を吸ふ

ぽつくりところりと逝きたいと言ひし父のぞみ通りにころりと逝きぬ

少しづつ冷えてゆく父触れるたび死を実感すわたしのこの手

線香とカサブランカの香の中に横たはる父笑ふことなし

父の死を受け入れ難し父の部屋ベストもふとんも昨日のまま

家のなか父はさまよひゐるならむスリッパひきずり歩く音する

四歳の子が採りて来しへびいちご二十年目の春を迎へぬ

新型インフルエンザ

どくだみのまだ赤き芽を摘みとれば早も立ち来るするどき匂ひ

使ふだけ買へばいいのに持てるだけマスク買はむとする人あまた

手の洗浄マスクは必須忍び寄るインフルエンザにすきは見せない

診療所まかせの対策新型のインフルエンザに振り回される

三木家の行事

六月の第四土曜はラベンダー摘む日と決めてる三木家の行事

山裾を霧包みゐてラベンダーのむらさき一際あざやかにする

一歳のボーダーコリー美男子にて初めて見つけしオケラに吠える

むづかしき事わからねど山村を「○○市」と呼ぶ違和感のあり

外来のシロツメクサと在来のなでしこゆれる清見の農道

野良仕事しばし休みか用水に足遊ばせる媼楽しげ

ラベンダー逆さに吊るし在りきたりの日々を過ごせることに感謝す

やさしく諭す

肉食べずサプリメントに頼れるを医師は厳しくやさしく諭す

ためらはず乳房さらして聴診を受くる少女の素肌うつくし

カバーグラス静かにのせてセットせり不妊治療の検体の精子

覗かされ声をあげたり尾を二本持ちたる精子がくるくる回る

やはらかく秋は耳からはじまりぬ夜半に気づきしこほろぎの声

唐招提寺金堂落慶法要

十年余親交賜ひし拓本の師と歩きたり唐招提寺

唐招提寺の落慶結願法要に立ち会へる幸師に感謝せり

法要は神仏混淆おほらかにて天平時代の儀式のごとし

危ふげに舞楽「胡蝶」を舞ひ終へし児らのほほゑみ菩薩にか似む

開眼の儀ののち空より降りしきる五色の散華わが手にひとひら

鑑真の苦難の渡航思はせて雨晴《あめは》れ交じる落慶法要

暮れ初めし唐招提寺の金堂に灯の入りたれば仏と目があふ

唐揚げ一個

下宿へと戻りゆきたる子の部屋にディオリッシモの香の残りをり

ローソンのエコポイントのうれしくて今日も言ひたり「袋いりません」

鳩時計十回鳴きてあつさりと扉閉めたりああもう十時

忘れないやうにメモしてそのメモを置き忘れたる憲法記念日

ハムスターを唐揚げ一個の重さだと獣医は言へり唐揚げ一個

十年余使ひし日傘は木綿製UVカットの表示はあらず

雨の日のあめの言ひ分聞いてゐるやうに傘さしゆつくり歩む

魚沼郡堀之内

堀之内インター降りれば広がれり葉月稲穂の柊二のふるさと

木の香り満ちる魚沼郡堀之内、柊二の吸ひし空気がこれか

映像の柊二の所作を眺めつつお声聴きつつ、お逢ひしたかつた

新しきつくつく法師のぬけがらを三つ拾ひて柊二記念館去る

思ひやりマスク

流感と言へばうなづくしげさんにインフルエンザの予防を促す

よく笑ふ宗作さんは満百歳「長いこと生きとる」ははははと笑ふ

来院日いつも同じのお二人さん一人が来ないとそはそは不安げ

同じ曜日同じ席にてふたりをり今日も仲良ししげさん宗作さん

目も耳も調子悪いとぼやきゐるアキノさんの話をうなづきて聞く

「いい人になっちゃあかんよ」笑ひつつ薬渡せり安田の爺に

認知症などと言はずに表せり老いとはだんだん仏になること

思ひやりマスクと称し十円にてインフルエンザ予防推進す

レセコンに「死亡」打ち込みカルテ閉づ幾人の生を失ひ来しか

なごやかな医院でありたし方言で話すのもよしカウンター出て

ヤマトヌマエビ

「栗きんとんめぐり」めぐれり中仙道沿ひの和菓子の老舗あちこち

中津川名物素朴な栗きんとん茶巾しぼりを夫とわけあふ

五軒目の和菓子屋めぐり栗きんとん食べつついただくコーヒーうまし

秋の夜のしじま素肌に感じをり何も足さない何も引かない

寂しさを感じるしあはせコスモスは風に逆らふことを知らない

秋雨にまゆみの朱実《あけみ》しづくしてスローモーション　ひかる球体

怒りゐし脳鎮めむと開きたる歌集『月白』真珠のしづく

水槽に放てば水面に上り来てヤマトヌマエビ落ち着きのなし

四匹のヤマトヌマエビ寄り添ひて岩肌にをり雪の降る夜

わが影に気づき出でくるヌマエビのヒゲの動きが虫めいてゐる

春を待つ心揺れるらし子の脱ぎしカーディガンよりヒヤシンスの香

村井博さん

いつだつて会へる気楽さ唐突に死を告げられし十二月十六日

頂きしサギソウ今は冬眠中やがて芽吹かむ村井さん亡きに

お薦めの歌集と斑入りのサギソウと笑顔残せり我のこころに

赤き軌跡

デジタルにて風向き示す灯台に伊良湖水道守られてをり

アメリカが見えると言ひし弟の名言残れる赤羽根海岸

七日間顔をあはせることもなし安らぎ寂しさいだきて眠る

をけら火の赤き軌跡を思ひつつひとりで生くるを徐々に決意す

ひとりとは自由、寂しさひとりじめ今宮神社の鳥居は朱し

りんごのやうだ

まどろみの中にあなたの夢をみる何もなかつたあの日の笑顔

唐突な別れかも知れずただいまと鍵開ける音聞こえて来さうで

部屋にひとりぽつんと座る食べかけの忘れ去られたりんごのやうだ

部屋掃除いつしたのだらうコルゲンのケロちゃんほこりの帽子かぶれり

話すほど遠くなりゆく君なりき去年の春の日差しなつかし

春めきし二月のひかりの中にゐて君の目元が思ひ出せない

十数年ぶりに出したるひな人形二月のひかりに少しまぶしげ

樟脳のにほひうすれし箱のなか男雛女雛は睦まじくをり

無言にて夫と出しゐるひな人形子の成長を思ひ出しつつ

穏やかに聞いても聞いても首をふる離婚の理由は曖昧のまま

ゆるやかなパーマかけたり二十年ぶりの改革小さき革命

明日からの私は自由　その人を孤独と一緒に待つ事もなし

たらの芽

たらの木はいつものやうに芽吹くのに私のとなりにあなたはゐない

たらの芽をふたりで採りし山の道いつもと変はらぬ木の香のさざめき

たらの芽の刺を気遣ひ包みくれし大きてのひら今年はあらず

たらの芽の切り口白しふいに悲し君と見て来た春の明るさ

たらの芽が高処にあれば背の高き君の腕の懐かしきかな

たらの木の脇芽は採らず来年のための余力を、さう来年の

ほのかに伽羅の香

五十歳過ぎしを娘扱ひす父母にはかに元気になりて

大原は都忘れのむらさきの花びらの先に初夏が来てゐる

パラソルの中に入り来る白き風祇園囃子を遠くに聞きて

はんなりと駒形提灯ともるころ通り雨過ぐ濡れるのもよし

まよひ子のわれかもしれず泣くことを忘れて宵山の人混みの中

持ち来たる絞りの浴衣を着て歩く京都真夏日ほのかに伽羅の香

ありふれた願ひをひとつ胸に抱き八坂神社に柏手を打つ

めだか

楊貴妃といふ名のめだか透明なオレンジいろの背びれで泳ぐ

透き通る白きめだかの泳ぐさまへばりつき見る目を凝らし見る

たかがめだかされどめだかの愛好家大の大人がはしやいではしやいで

宝箱ひつくりかへして探すごと好みのめだかをしづかに探す

根気よくめだかの選別する手許ダルマめだかが泳いで来たり

気に入りしめだか十匹買ひ求め水槽に放つささやかなる悦

本当のことは言はない　本当のことは言へない　ひがんばな咲く

包丁の試し斬りなり大根をすぱんすぱんと黙つて切りぬ

引つ越し

バレンシア家具の長椅子、クッションに君の笑顔を思ひ出しをり

引つ越しのはかどらぬことを焦りたり君のやさしさだけが顕ち来て

カーテンを全開にして空を見る十四階の空は空のみ

雨音の聞こえぬ部屋にひとり住み雨音ほどの音におどろく

街並みは眼下にありて我ひとり巣箱に眠る　堕天使のやうだ

知らぬふりしつつ去りゆく君の背が春の陽背負ふ　声かけられず

いつかいつか笑みて話せる日のあらむ少し早めに咲くおほてまり

たぶん誰も愛することなし一鉢の胡蝶蘭そしてめだかを育てる

わが町

わが町の名店街ビル取り壊し決まりて昭和がまたひとつ消ゆ

わが町の銀座通りのアーケード靴屋、呉服屋、乳母車屋ありし

家裁から年金強制分割の決定通知もらひて葉月

井の中の蛙はしあはせかも知れず中傷欲望と無縁に生きて

夕立の後の虫の音くさむらのあちらこちらに秋が来てゐる

久しぶりに郡上八幡を訪れた

きりさめの郡上八幡　水音と木の香りする山あひの町

君といつも巡り慣れたる城下町郡上八幡ひとりでめぐる

ひつそりと郡上本染め守りたる渡辺染物店の藍のれん

III

新鮮

白き部屋に囲はれ者のやうな生《せい》　失業保険を初めて貰ひて

毎日を洗濯、掃除に明け暮れて主婦の一日これかと知りぬ

掃除してアイロンがけして夫を待つそんな選択もあつたのだらう

掃除もさう洗濯もさう奥深しやればやるほどすることがある

してみれば主婦の仕事は新鮮で案外むいてゐたかもしれず

日の暮れが早くなるほど孤独感つのりて来たり　これでいいのか

ひとつづつ部屋に灯りがともりゆく家々見ればつくづく寂し

無患子《むくろじ》の実をいただきぬかちかちと鳴らせば冬が近づいて来る

仕事に就きて

陽のあたるベランダにゐるカメムシを今日は許さむ立冬なるゆゑ

明るすぎる十四階の部屋にゐてシダ植物のごとく息する

しみじみと三十年を振り返る子の生日《うまれび》は母になつた日

花の雨髪を湿らすほど降りて出さうか迷ふ手紙手にあり

かきつばた眺めて信号待ちをせり初出勤のときめき秘めて

東浦町社会福祉協議会三十年前の役所と変はらず
ベランダに植物育てる楽しみを取り戻したり仕事に就きて

アイルトン・セナ没後二十年

アイルトン・セナ逝きて早や二十年五月一日今も忘れず

音速の貴公子と言はれ天才と言はれしセナは努力する人

Ｆ１をセナほど愛した人はなし安全第一掲げて速し

無表情笑はぬまなざしその奥に孤独ひそめり横顔静か

なで肩の後ろ姿が遠ざかるセナの夢見し幾たびも見し

思ひ出すセナは三十四歳であの日のままで美しいまま

原付にて鈴鹿サーキットの遊園地走るセナ見し二十年前

F1のレース観戦はたいせつなセナのスカーフ必ず巻きて

Ｆ１をこよなく愛せしアイルトン・セナ・ダ・シルバを生涯忘れず

八雲立つ

八雲立つ出雲は空気浄くしてこころの芯が洗はれてゆく

山々に樹々に巌に神おはす気配す出雲は神住むところ

出雲大社の下り参道あゆむ午後四方八方あぶら蟬鳴く

お守りは買はず御朱印いただきぬ神とのご縁さらに深めむ

国譲りの浜歩きたりわたくしが譲りたることの正否問ひつつ

再会

やり直すこと決めて飲む山形の冷酒の甘さ心うるほす

懐かしき目の柔らかな笑顔あり夫でありし君との再会

とりとめのなき会話してお酌して元夫と過ごす初秋の夜

ふと触れし腕の温もり筋肉の硬さ懐かし確かにあなた

ときめきは本物だらう歳月がわたしを変へてあなたを変へて

短くもあり

「桟橋」に初めて載りしは一九九六年四月、四六号

夫や子を詠ひし歌の明るさによみがへり来る確かな時間

「桟橋」は活版印刷指先にこつこつ響く感触が良し

恐竜のコンタクトレンズと石鹸を目にあてし子はや二十八歳

山の家の歌の多さよストーブの薪の弾ける木の香雪の香

わがままと背中合はせの正直が「桟橋」のなか虹を描けり

「桟橋」とともに生き来し十八年長くもありまた短くもあり

ひかりの花束

役目終へし素焼きのたこつぼ三百円無人市場に売られてをりぬ

佐久島のアートめぐりて気がつけば道に迷へりそれもまたよし

エアコンの音の響ける部屋にゐて君への手紙ひとり書きをり

新しき服を買ふのは久しぶり前向きに生きむおもひ沸き来る

ため息はつかぬと決めたその日から空き瓶に咲くひかりの花束

ＳＭＳ使ひて思ひを伝へくる君よ言葉は生がいいのに

ひとりには広すぎる３ＬＤＫ「たまごっち」育てめだかを育て

ぶだう畑から

君に書く手紙の書き出し「食べてますか」出汁を効かせて冬瓜を煮る

ミニメロン育つを楽しむ日々ありて人おもひやる気持ち深まる

真夜中の電車の響き聞きながら缶チューハイを飲みたり独り

ほろ酔ひの真夜中メダカ眺めつつ心底おもふひとりはひとり

白ワイン含めばぶだう畑から風が吹き込むやうな揺らめき

ログハウス

連絡の間遠になりて子の部屋のバクのぬひぐるみ風邪を引きさう

君と見し空もひかりも森の香もこころの一部となりて生きをり

日帰りのログハウス掃除ほがらかに母は孫らの絵の額を拭く

目に見えぬ籠にしまはれゐるやうな暮らしが実はしあはせだつた

ひぐらしの鳴き始めれば階段を君が登つて来さうな気がする

炭酸水

連れ立ちて祇園祭の宵山を巡らむと来ぬ驟雨に遭ひつつ

探し探しやつと見つけし駐車場みやげ屋「小山」なんと目の前

にこやかに対してくださる小山さん祇園祭もかすみてしまふ

竹林の風はかの日のうす緑ふたり歩みし夏の静けさ

シャッター音横で聞きつつやすらぎはこんなに自然こんなに切ない

一本の炭酸水を分け合へばこころが通ふやうな気がする

宵山をカメラに納め還りきぬ二人の夏の一齣として

同じこと

面倒はひとりもふたりも同じことならばふたりのはうが楽しい

目に見えぬ物を分け合ふ心地してふたりの沈黙大切にせむ

障害児は男の子多くてスカートに入り来るもあり本能なれば

児ら連れて散歩するのも仕事にて茄子や胡瓜の花も教へる

「春紫苑」牧野博士の命名と知れば思はる高知の佐川

アキレス腱断裂

テニスにてアキレス腱を断裂す九月二日の朝十時半

倒れ込む　右足首に痛みなしそつと触ればアキレス腱、なし

選びたる保存療法オペはなし足首にギプスして動けない

バス待てば知らない人に助けられ刈谷はまだまだ温かき町

車イス進むも曲がるも腕力の加減が大事使ひて学ぶ

カモシカの脚

杖つきて歩めば道のささやかな傾斜にさへもつまづいてしまふ

どんぐりを避けつつ杖で歩みゆく我に合はせて君も歩めり

君と見るドールハウス展のログハウス覗けば彼の日のふたりが見える

ドアを開け君は待ちをり杖をつく我の足下確認しつつ

日のひかり部屋の机にまはり来てはづしたままの腕時計あり

アキレス腱触れれば太く固くありもう戻れないカモシカの脚

アキレス腱伸ばせば白き冬の日が早く治れとやさしくなでる

二足歩行ささへるための役目終へ片隅に置く右足の装具

放課後等デイサービス

「ただいま」と扉を開ける笑顔たち「おかえり」今日も元気に来たね

久しぶり子らを抱けばそれぞれの子の匂ひして復帰を自覚す

「足痛い？」「足治ったの？」集まりて我の右足眺める子たち

いたづらを叱れば逃げる奏介のごめんなさいは防衛のことば

現在がその瞬間に過去になる好みのカップが床に砕けて

春の空

出産を終へたる娘何事もなかつたやうににこやかにゐる

妊婦から母になりたる子の笑顔この子の生まれし日を思ひだす

新生児の祖先はやはり類人猿足の十指の意外に長し

新生児の何も踏まざる足裏はやはらか春の空を蹴りをり

生まれくる命と終はりゆく命総合病院朝の静けさ

大腸癌

父の病む大腸癌はステージ4肝臓転移をCTにみる

オペ前に病状細かに説明し癌の告知を医師は迫れり

「癌告知はしないと夫婦で決めてます」母の気迫に医師はひるめり

父は病み娘は出産しわたくしは仕事を辞めて再就職す

大腸癌のオペを終へたる父の顔もう治つたと安心の顔

曾孫いだく父の幸せさうな顔成長ねがふ陰りなき顔

新しき職場

新しき職場はＪＰタワービル二十三階窓は嵌め殺し

入室はカード認証　パソコンの電源入れて一日始まる

息ぬきに席を離れて外を見る北は御岳西は伊勢湾

新幹線が真下を走る放ディの子の大好きなN七〇〇系

耐震の基準満たせぬ名古屋城二十三階オフィスより眺む

名古屋城老朽化など言はれつつ高層ビルに負けぬ貫禄

レモンの実

ピンポン玉ほどのレモンの実を見つけ父は指差せりベッドの上から

二週間たらずで病状進行し昨日歩けた父が起きられず

何気なく「はい、ご苦労さん」と父は笑み交はした言葉が最後となりぬ

ほんたうに己の病状知らざりしか知らぬふりしてをりしか父は

治ること信じて父の食べをへしさうめん最後の食事となりぬ

レモンの実触るることなく父逝けり二十数年育てしレモン

父の背に死が寄り添つたこの夏は合歓の花早く早く咲きたり

ベッドのきしみ

死は二度と会へなくなること昨日まで聞こえてゐたるベッドのきしみ

死の実感わかぬ私を叱らむか遺影の父は微笑むばかり

ひとり居となりたる母の待つ実家ひろびろとして塵ひとつなし

悲しみの中にしあはせ探すごと父との馴初め語り出す母

土曜日は母と買ひ物　買ふものは父の好みし食材ばかり

思ひ出す

父の死の後の静寂仏壇のをさまる和室に秋の日のさす

生前の父の清拭せし時の肉の落ちたる臀思ひ出す

父逝きて四十九日目七日ごとの追善供養慣れて終了

釣り竿は竹製これは二年前父とはぜ釣に使ひたるもの

残されし母はさつきの世話をする父の大事に育てしさつき

病室はひかりに満ちて誰も彼も根治するやうな錯覚ありき

もう二度と触れることなき病室の簡易トイレの硬さ思ひ出す

何事もなかつたやうに外来は高齢者満つ国立長寿病院

西城秀樹没

きびきびと物捨てる母押入れの中に寂しさ探すかに捨てる

父の植ゑし藤袴に来しアサギマダラ③のマークをつけて憩へり

父の死と西城秀樹の死がありて平成最後の冬に入りゆく

山茶花の咲きそろひたる生け垣に冬日おだやか父はもうゐず

双子座流星群

鈴の音《ね》を転がすさまに流れゆく星あり双子座カストルあたり

流星をフロントガラス越しにみる待つ間は沈黙、寡黙　静寂

紅葉はいろを失ひ影のみとなりて夜空の闇と交はる

流れ星キラリ闇からまたキラリひかりは筋を細《ほそ》やかに引く

車より出でて眺むるオリオン座三つの星は家族のごとし

をのをれの櫛

桜見に行かうと言へば来年と笑ひて答へし父はもうゐず

一歳の智くん曾祖父に抱かれしを知るはずもなしボールに夢中

遠き日に君が求めしお六櫛奈良井の旅にねだりしみやげ

三十年近く使ひしお六櫛つやつやとなり髪になじめり

をのをれの木もて作りしお六櫛頭痛鎮める効能ありと

小雨ふる朝

友からの訃報とどきぬ紫陽花の青あざやかに小雨ふる朝

訪ねれば庭の草取りしてをりぬ夫をなくして十日目の友

新しき白木の台の絹張りの小さき箱に友の夫在り

一ヶ月前はパソコン教室の講師してゐき友の夫は

葉が揺れぬ

私の選びしレモン亡き父が大切にせしそのレモン咲く

風のなき庭のレモンの葉が揺れぬ亡き父がいま枝に触るるか

納骨を終へて旅する北海道父の望みしラベンダーの季に

バッグより父の写真を取り出してラベンダー畑にそつとかざせり

もし父がゐたなら何と言ふだらう美瑛の丘を母と眺める

午前中庭の草取り昼からはちぎり絵をする母の毎日

つつましき暮らしして来し父と母回転寿司をぜいたくと言ひ

週末に訪へば話の尽きぬ母ひとり暮らしにいまだに慣れず

あとがき

かつて、山の家に行くたびに娘と野や山で花を摘んで遊びました。摘んで来た野の花を娘がジャムの空き瓶に活け、ベランダにあるテーブルに飾りました。無造作に活けられた花の瓶には、山の空気やひかり、木の香り、そして、家族の笑顔も輝いているように見えました。

幸せとは、こんな些細な、でも掛け替えのないものだと瓶の花たちを見ながら感じました。

歌集名は、

ため息はつかぬと決めたその日から空き瓶に咲くひかりの花束

から採りました。

前向きに生きようと思った時から、楽しい思い出や希望、喜びや少しの悲しみを心の空き瓶に活けている気がします。それはあたかも儚いひかりの花束のようです。

歌集を作ることも、歌たちを摘み取ってひとつの花束をつくるような感覚です。ひとりでは何もできない私にたくさんの人が温かい手を差し伸べてくださいました。改めて幸せを感じています。

選歌は、敬愛する高野公彦様にお願いいたしました。お忙しいなか細部までご助言をいただき、温かい励ましのお言葉も賜りました。その上、帯文までお書きくださいました。心からお礼申し上げます。

装画は、懇意にしていただいているイラストレーターの内田新哉様にお願いしました。私の思いを素敵に表現してくださいました。ありがとうございます。

出版にあたりましては、親身に相談にのってくださった鈴木竹志様、心の籠ったご提案をしてくださった青磁社の永田淳様に厚くお礼申し上げます。

なお表記ですが、「 」内とカタカナのみ新仮名表記を用いました。

最後に、約三十年私を導いてくださったコスモス短歌会、いつも近くで支えてくださる刈谷文化協会短歌部会の皆様に、心より感謝いたします。また、陰ながら応援してくれた家族にもお礼を言いたいと思います。

「おとうちゃん、歌集、やっとできたよ」

令和三年季春

三木　裕子

コスモス叢書第一一九二篇

歌集　ひかりの花束

初版発行日　二〇二一年五月二十五日

著　者　三木裕子

刈谷市相生町一—二三—一四〇二（〒四四八—〇〇二七）

定　価　二五〇〇円

発行者　永田　淳

発行所　青磁社

京都市北区上賀茂豊田町四〇—一（〒六〇三—八〇四五）

電話　〇七五—七〇五—二八三八

振替　〇〇九四〇—二—一二四二二四

http://seijisya.com

印刷・製本　創栄図書印刷

ISBN978-4-86198-496-9 C0092 ¥2500E